M⊚ANA

ACTIVITY BOOK
WORD SEARCH

bendon®

The BENDON name, logo, and Tear and Share are
trademarks of Bendon, Inc. Ashland, OH 44805.
© 2017 Disney Enterprises, Inc.

1

MOTHER ISLAND
TE FITI

~~TAPA CLOTH~~	~~POWER~~
~~STORY~~	~~LIFE~~
~~GRAMMA TALA~~	~~EXISTENCE~~
~~CHILDREN~~	~~DARING~~
~~MOTHER~~	~~DEMIGOD~~
~~ISLAND~~	~~MAUI~~
~~TE FITI~~	~~MAGICAL~~
~~HEART~~	~~SHAPESHIFT~~

2

MOTHER ISLAND TE FITI

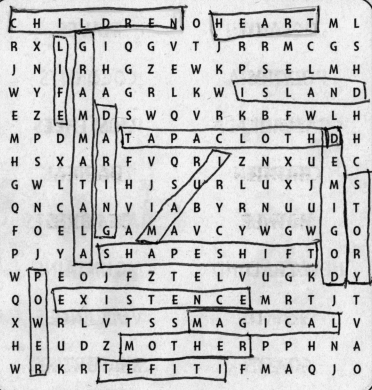

```
C H I L D R E N O H E A R T M L
R X L G I Q G V T J R R M C G S
J N I R H G Z E W K P S E L M H
W Y F A A G R L K W I S L A N D
E Z E M D S W Q V R K B F W L H
M P D M A T A P A C L O T H D H
H S X A R F V Q R I Z N X U E C
G W L T I H J S U R L U X J M S
Q N C A N V I A B Y R N U U I T
F O E L G A M A V C Y W G W G O
P J Y A S H A P E S H I F T O R
W P E O J F Z T E L V U G K D Y
Q O E X I S T E N C E M R T J T
X W R L V T S S M A G I C A L V
H E U D Z M O T H E R P P H N A
W R K R T E F I T I F M A Q J O
```

SOUTH PACIFIC
TROPICS

OCEANIA	WAVES
POLYNESIA	COCONUTS
MAUI	PALM TREES
TAHITI	TROPICAL
HAWAII	RAIN FORESTS
NEW ZEALAND	MOUNTAINS
ISLANDS	VOLCANOES
COASTS	SEA TURTLES

SOUTH PACIFIC TROPICS

```
N A U C N R U R C R W J S R X W
T R S K M F T F B T Y E T S X A
V F W K E J F Z J F O F D M D V
N H O G S V X G I N A N A S I E
S E S C H Q Q Y A D A R E U K S
V R W K O C T C K L T L A O P T
W A Q Z D C L A S C T M C P A D
M I U R E O O I H R I L O P L S
O N U H V A I N U I A R A O M X
U F H K A U L T U C T R S L T K
N O W K F W A A I T A I T Y R S
T R S N S E A P N D S R S N E A
A E F X S A O I H D O C F E E N
I S K Q U R M Z I A K L Q S S T
N T A O T O C E A N I A C I D H
S S U V I W H E D H I B L A S R
```

TE FITI'S HEART

GREEN	DARKNESS
GEMSTONE	ESCAPE
ENGRAVED	TE KA
SPIRAL	LAVA
TE FITI	DEMON
HEART	VOLCANO
STOLEN	BATTLE
DETERIORATE	SEA

TE FITI'S HEART

```
N A K O W N I F C U U A J K L Z
G I G M E H A J F J A M Y E N K
L M J E S M B H F H Z B F B D T
J X R V M P A H W V V Q H A V Z
A G A O S S D F D S D P Q T K F
I V I L U V T W M K A C Z T J P
A Q P C W I S O V L R L F L P I
S M U A Q P P L N S K X W E H S
B E W N G N I A G E N E D C E I
N U A O U C R V Y V E U H K A I
S V I M E T A A P Y S P E J R E
E L B Y I O L L A C S C S L T S
Y D E T E R I O R A T E K Q R C
X S T O L E N F D E M O N M J A
X M B T E F I T I V Q L Z Z U P
J E N G R A V E D U T E K A P E
```

A THOUSAND YEARS LATER

STORY

THOUSAND

YEARS

TE KA

MONSTERS

HUNT

HEART

DARKNESS

CONSUME

ISLAND

CHILDREN

CRY

FAINT

SPELLBOUND

JOURNEY

RESTORE

A THOUSAND YEARS LATER

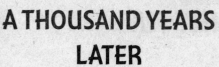

```
V K G F D P J X T A F G P C B E
D A R K N E S S C H D R E K K G
Q W G Y K G U V K N L R S E I D
I Y N O B Q V V U C O R Q A S L
K B C R Y Q O O S T E Z Y A L Y
J D D J A J B N S T C V E T A T
L V P K S L V E S Z H G P H N T
I A E R L T R N E H I M T O D J
H T A E Y H O J H E L G S U F X
C E P Q M M P X J A D C T S K Z
Y S T Y H B Z R O R R G O A P Y
Q Q Z S I O W D U T E K R N G T
C O N S U M E P R H N Z Y D N G
Y I P G F T A V N Z U I A I X W
J G H Q O L J S E U Z N A L L M
R L A Z M E Y M Y X T F T I D U
```

CHIEF TUI

LITTLE	POST
GIRL	PAINTINGS
FATHER	PANIC
CHIEF	CHAOS
SAFE	MOANA
STAY	WATER
REEF	SEASHELL
ACCIDENT	SHORE

10

© Disney

CHIEF TUI

```
D H P R C W C H I E F F X F Z B
Z T X M E D A Z W L P L C T N K
H F M P B T Z T X O C U N A B P
T F S J A V V T E H J E Q U X O
I Q A K K I S J P R D N X U Z S
L Y F S T O N V L I T G N L S T
A K E K A A G T C A O L D V E A
G M H H U Z C C I K G K M S I Y
J S C G H P A P O N J R O N Z H
I E I X E R E B A G G Q A F M P
D A J E J C E O R N C S N A G J
W S U A N D Z N N E I M A T I O
E H H L W Y H K S J E C I H R D
R E O D W C A B T V I F E E L I
X L O J C S H O R E H W J R V U
H L D K N X L I T T L E N K R B
```

MOANA'S PROTECTION

BABY	EDGE
SEA TURTLE	SAFE
MENACED	RIPPLING
GROUP	SURFACE
FRIGATE BIRDS	OCEAN
SHIELD	REVEAL
LEAF	TRAIL
GUIDE	SEASHELLS

MOANA'S PROTECTION

```
Y L V H T R E V E A L W U R S R
S C H R I P P L I N G A J K E Z
Z E I R T O S S K K Z E S D A S
Z J A Y M K O T I D F D U U S W
A D J T D H L W Y M R G R F H M
L A N G U P L B E M I E F T E T
Q E T U U R A E Y F G K A R L N
X F F I S B T V A C A A C A L H
P L G D A A N L K F T F E I S M
Z K U E C A F G E Q E G P L F E
B S H I E L D E I P B F H R H N
Z K G C H N U L N E I U F T I A
M R O R P W E G T P R S L B I C
A G T G O C S W M U D V S S W E
Z X T B N U I X O X S S C I E D
R P X C J F P L I M Y M D I N J
```

HEIR OF THE OCEAN

CORAL	**STONE**
WAVE	SPIRAL
CURIOSITY	DESIGN
SPLASHING	FATHER
TOPKNOT	CALLS
SHINY	OCEAN
DRIFTING	RETURNS
GREEN	DRIFTWOOD

HEIR OF THE OCEAN

O D J K G Z E Q Q G B R I H F B
Z C A L L S P P C O R A L F S K
W F Q L L W A V E E M E O V P N
O S H I N Y H S U R F R E O E W
R N D Y U E X O H Y I E L N T S
S H R U Y X I C A M O T S B O R
S F I M P K F E S L D U P Z P Y
P A F I K V S A G W E R I J K N
L T T D B S H N D L S N R W N N
A H W U G Z T I E S I S A D O Y
S E O U E B Q A Q Z G G L N T N
H R O L V E O A D O N N C T W Y
I H D J E L S T O N E K T N S X
N C H W N X E M K U W M S O L W
G G B H E D C U R I O S I T Y A
E K B K J D R I F T I N G T K G

15

© Disney

GROWING UP

MOTHER	LIFE
SINA	MOTONUI
FATHER	DRAWN
CHIEF TUI	OCEAN
VILLAGE	DUTIES
WONDROUS	PEOPLE
FUTURE	BELONG
LEARNS	PARENTS

GROWING UP

```
G X N H H J P A M U F I H N E Y
A L J F L N O D O S N B O R M P
Q I E D W M W Q T F S K U E C V
K F Q A I O R R O J W T M K H A
U E R I M T Z C N Q U P E X I C
I D I V D H W W U F J A O R E Z
A D U T I E S D I V P R P M F M
Q O M L J R M V W U B E M W T H
V Z W V I L L A G E E N M W U S
J I I V M G J P Z D R T W G I A
S E A X X K Q U S I F S P J Z F
Q E B C B E W N D L M J B Y Y Q
D S U G W E R W O N D R O U S N
N I I I R A F A T H E R D P Y N
K W I N E O C E A N P E O P L E
Q Q C L A A B E I V B E L O N G
```

THE VOICE INSIDE

GRANDMOTHER

TALA

ENCOURAGES

MOANA

FOLLOW

HEART

LISTEN

VOICE

INSIDE

CHIEF

GROWN

SACRED

PEAK

FOREFATHERS

STONES

RAISE

THE VOICE INSIDE

```
F I M Q X H Y N E H J H K F P X
O B B Q S R A I S E A I W L H Y
R A C P A T L O I E E R S J S Q
E A F O L L O W I D W N T E N F
F T T G D I E N I J W E G Q E N
A K N E C W R S E O S A A I M Q
T L G Z S M N Z R S R K H X O S
H F R L Y I S G O U N C O A A A
E G G R A N D M O T H E R A N C
R J O U V Q G C Y I U N A E A R
S W J Q D Q N C T L V O I C E E
C H J A R E P W G W Z C P S O D
N C N I L E L I H L I S T E N L
Q L S N T A L A A O W N Z U A C
F N Q F J F B D I Y S V Z E L K
R T R H E A R T Y B G D I V I T
```

CHIEF IN TRAINING

GROW

ROLE

CHIEF

TRAINING

INNER

WISH

ROUNDS

SUPPORT

HULA

DANCING

HEIHEI

ROOSTER

HIDDEN

STRENGTH

BENEATH

SURFACE

CHIEF IN TRAINING

```
F L W U L O K N V J P K Y V O C
J P Z G M J F H U L A E Z H W F
G S P A F D A N C I N G C T O K
I U E C E B A H E I H E I I V S
Y P V B U U T U W W P E A S R K
B P L T I N R S X W L N T U Z Q
W O N O E E A D C O N L S R P U
M R F D T P I S R J C J M F Z C
I T D S R Y N A T X P J G A I Y
A I O Z O K I X R R N U R C A X
H O Q K U C N O Z U E V O E S G
R I U A N X G W F M R N W K W O
T E R R D F T E Y E P S G W I H
N A X D S H I Z N Y L I K T S Q
O G G Y R H M N U S P L F K H J
I V U D C X I G Y B E N E A T H
```

CHIEF TUI'S
RESERVATION

ROTTEN	RESERVATION
HARVEST	YOUTH
EMPTY	BOAT
HAUL	WRECKED
SUGGEST	STORM
BEYOND	FRIEND
REEF	DROWNED
ANGER	CHOICES

CHIEF TUI'S RESERVATION

```
U W M K R N I I C A N G E R Z J
E E G A E W V I F V N E M S E C
T R Z T J H O E P Z Y V G T R S
G U T L W R E C K E D D M W T V
S O M A J E X L C H O I C E S L
R T E A Z O V S U G G E S T H X
W F O D N X D R E E F J D D B B
P E B R E K Z U A R U F T H V E
G W L C M M K R E M P T Y A L Y
X R E S E R V A T I O N D U A O
R C J Q H X Y O U T H I Q L S N
N Z C L H A R V E S T N K C Q D
K C K B O A T L I G F R I E N D
N R O U B H W O I I N P R B G T
F M J P U Y U G W M V L M B D W
D R O W N E D A H G E I K V T U
```

HOW FAR I'LL GO

CONFLICTED	EASE
DUTIES	WAVE
DREAM	OVERBOARD
CANOE	SUBMERGED
FISH	TRAPPED
REEF	CORAL
PUA	SHORE
SAIL	EXHAUSTED

HOW FAR I'LL GO

F E A H K U B A Y Q C O R A L E
B I U Q P O Y L A A W Z U R J X
X C S Z F V V O Q P D T G R S H
M E W H H E Z V S U U M O O U A
N P A U C R C X B A T N O T B U
C M P F A B B V R X I D D E M S
A Q P W N O E M D P E L R I E T
X M L A O A T U S T S Y E J R E
Q U X V E R W R C W Q Q A W G D
P S V E O D V I A G S K M T E S
E E I K Y V L O G P E A S E D H
M G W T N F K M E B P Y N W N O
T R W W N C W O F N B E H U O R
T A O O T P V C N D N G D L I E
D V C S X B H C D J Z S U E E P
Z G N D S H D F P N B I R E E F

© Disney

WHO IS SHE MEANT
TO BE?

GRAMMA	TATTOO
TALA	SECRET
JOKING	CAVERN
DESTINY	PASSAGEWAY
DANCE	FOLLOW
SCHOOL	TUNNEL
MANTA RAYS	BANG
REINCARNATION	DRUM

WHO IS SHE MEANT TO BE?

```
G  Z  J  D  E  S  T  I  N  Y  D  Y  D  W  A  F
W  S  X  Z  T  B  I  A  U  E  Y  U  Y  X  J  Y
T  A  F  O  L  L  O  W  C  B  R  N  M  P  L  L
Y  R  D  Q  E  H  N  E  B  P  T  J  X  J  B  Z
T  R  E  I  N  C  A  R  N  A  T  I  O  N  A  M
R  V  C  U  M  S  C  H  O  O  L  M  N  H  N  A
E  B  G  T  A  T  T  O  O  H  C  L  E  Q  G  N
V  O  S  E  C  R  E  T  N  D  A  L  L  J  G  T
V  B  R  K  W  L  D  A  Z  B  B  R  M  T  R  A
P  A  S  S  A  G  E  W  A  Y  R  T  D  S  A  R
M  H  I  F  C  C  K  B  Z  G  W  T  D  E  M  A
E  G  Y  C  A  M  V  U  D  R  U  M  A  V  M  Y
S  V  G  J  V  G  P  D  Y  D  Q  L  N  L  A  S
X  M  N  T  E  Y  Y  U  X  F  C  T  C  U  A  M
F  T  G  T  R  T  U  N  N  E  L  A  E  Q  X  R
U  G  N  W  N  W  N  U  P  J  O  K  I  N  G  G
```

WE KNOW THE WAY

SMALL	REVEAL
FLEET	VOYAGERS
HIDDEN	EXPLORERS
WATERFALL	THRILLED
DRUM	MYSTERY
VISION	MAUI
ANCESTORS	THEIF
SAIL	TREACHEROUS

WE KNOW THE WAY

```
R M D W S E N U K V G S X Z F S
V T V V Q R L I G L U Y P V R S
J D O I N E U G I O D Z R O R J
U M Y S B A R U R G C Q T E B C
J L A I M T M E X K O S R M L T
Y L G O L G H N C X E O U X M E
D G E N F C E Y O C L R U Y I X
V U R V A D L F N P D N U P W T
E W S E D V C A X J O D P L W H
N W R I W A T E R F A L L M R R
J T H A A Z R O D S E S O R L I
F L E E T Z Q I P X E V T W D L
S M A L L G Y C U X W S A I L L
I T H E I F T Z M Y S T E R Y E
I E I S Y D D L T Z X T T I H D
Z L V O D X R E V E A L Q W R Y
```

QUEST TO RESTORE
THE HEART

HEART	QUEST
TE FITI	RESTORE
UNLEASHED	NECKLACE
DARKNESS	GREEN
SAILING	STONE
STOPPED	SPLASH
INHABIT	STUNNED
MOTONUI	MEMORY

QUEST TO RESTORE THE HEART

```
G W Q Z Z S K G R V N X T Q Y S
O R I M R Y S N Q U E S T G Z A
L T N M Q E F E H C Q A Z E F I
R B H F I X T U T E F I T I U L
J B A U N L E A S H E D Z L R I
D V B R B H V P W L P S R S F N
S R I A S Q D E M H N E C T D G
S N T A M O F A E E E W I U A Z
V I L P O M B H M A C Y Z N R S
E P L N T T W R O R K S J N K T
S L F D O T T E R T L T Q E N O
N I D V N N B S Y N A O J D E N
P B A S U X M T G T C P I T S E
X V U J I T W O Q O E P Z C S T
V T W Y I B L R V M D E Q C U Z
Z A G R E E N E J V H D I P U U
```

© Disney

SHAPESHIFTER DEMIGOD

MAUI	GREATEST
SHAPESHIFTER	MAGICAL
DEMIGOD	FISHHOOK
WIND	HAWK
SEA	MASTER
HERO	WAYFINDER
MAN	CELEBRITY
WOMAN	YOU'RE WELCOME

SHAPESHIFTER DEMIGOD

```
M Q I R G W O M A N S J N Z U X
Z W P V O H E R O B R G R C R O
V G Z E F U M A G I C A L D X S
W A Y F I N D E R X L Z O S W E
F R H N I W I N D M L F E Z F D
M F A M A S T E R X M J A M C D
E M P R G P M T G U L K I S T C
Y R Q G Z H U P G J C N Z F K
S H A P E S H I F T E R H X M Z
F N G R E A T E S T U I R N X R
I F S Y O U R E W E L C O M E F
C B W A W F K T G S I J I Y J B
F I S H H O O K S U L A L P M E
F M H A W K Y Z A V N N S V V K
S E E F X L Y M W D E M I G O D
A S C V S Y S C E L E B R I T Y
```

© Disney

MAUI'S
CONSTELLATION

SKY	TUI
STARS	COUNCIL
MAUI	REASSURE
CONSTELLATION	INTERRUPT
FISHHOOK	ANGER
SAIL	WARRIOR
MASTER	CHIEF
HUT	TALA

MAUI'S CONSTELLATION

```
Y B P W K F N W T W V P P U Q D
P R I H S F Q Q N U T Q R E K T
P P N T E T V X Y T I E M P T R
H S T Y A J P D Y O E Y K U A B
P S E L N J G Y J F K A J G L S
S A R W G Y G I B S W R C F A S
E I R W E Z C D I A A S H I C Y
I L U J R W S G S R R T I S O Y
J R P I X D U S V K R S E H U S
M E T W T O U B J S I D F H N T
A A V U L E E P I F O G Y O C A
U S H Q C M F B N E R R V O I R
I S M A S T E R S C G C L K L S
T U C O N S T E L L A T I O N U
R R C Y Q Q A N J L I C R E L Y
N E B W J O G O R S S O Q R P S
```

MANTA RAY SPIRIT

GRAMMA	PACK
UNWELL	CANOE
DYING	SPIRAL
WISH	SAIL
WHISPER	SPIRIT
JOURNEY	MANTA RAY
NECKLACE	ILLUMINATES
PROMISE	PASSAGE

MANTA RAY SPIRIT

J O U R N E Y M E P J L S F G L
C G N P N I L L U M I N A T E S
S P I R I T B Y F A A K N G N X
W D Z N I G H H S M V N V A F K
V H W X N B A H M Y N T Z W J Y
T P I I X N I A Z E G R N P P Q
U Y Y S D J R W P O L Y V S A C
E D T E P G I I R K Z T Z M C Q
B C C T Q E N S O E M S L F K L
Z E A M E K R H M P A P Z L U G
E G N D J R R Y I X N I Q C N F
C C O A U F S S S X T R K X R S
C G E H I I X J E D A A V T R S
X M R U N W E L L O R L Q L J Z
G P A S S A G E R N A J V T S T
M A N E C K L A C E Y P W Z R W

STORM ON
THE HIGH SEAS

DISTURBED	CRASHING
ENVIRONMENT	WAVES
TREACHEROUS	LIGHTENING
ATMOSPHERE	WINDSTORM
SEVERE	PRESSURE
WEATHER	SQUALL
TORRENTIAL	GALE
DOWNPOUR	HURRICANE

STORM ON THE HIGH SEAS

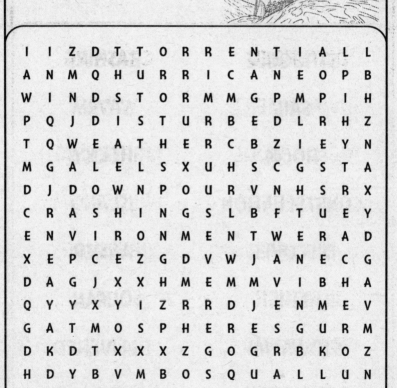

```
I  I  Z  D  T  T  O  R  R  E  N  T  I  A  L  L
A  N  M  Q  H  U  R  R  I  C  A  N  E  O  P  B
W  I  N  D  S  T  O  R  M  M  G  P  M  P  I  H
P  Q  J  D  I  S  T  U  R  B  E  D  L  R  H  Z
T  Q  W  E  A  T  H  E  R  C  B  Z  I  E  Y  N
M  G  A  L  E  L  S  X  U  H  S  C  G  S  T  A
D  J  D  O  W  N  P  O  U  R  V  N  H  S  R  X
C  R  A  S  H  I  N  G  S  L  B  F  T  U  E  Y
E  N  V  I  R  O  N  M  E  N  T  W  E  R  A  D
X  E  P  C  E  Z  G  D  V  W  J  A  N  E  C  G
D  A  G  J  X  X  H  M  E  M  M  V  I  B  H  A
Q  Y  Y  X  Y  I  Z  R  R  D  J  E  N  M  E  V
G  A  T  M  O  S  P  H  E  R  E  S  G  U  R  M
D  K  D  T  X  X  Z  G  O  G  R  B  K  O  Z
H  D  Y  B  V  M  B  O  S  Q  U  A  L  L  U  N
O  W  X  J  M  B  P  G  Z  S  H  U  N  R  S  M
```

DEMIGOD ISLAND

STRUGGLE	CAPSIZE
SAIL	STORM
HOOK	ROCKY
CONSTELLATION	ISLAND
DISCOVER	ANGER
HEIHEI	OCEAN
STOWAWAY	DELIVERED
CANOE	DESTINATION

DEMIGOD ISLAND

```
W M F P M L C A H E I H E I F Q
Y E M C F S T O R M Y S I B E M
Q E L J O E W H T A U E L L M Q
D S P O D N Z B W M V S G A V I
E F F H P K S A S Q R G F C N G
L P D X G L W T Y V U O Q H S D
I U Y W B O I S E R R X C P Z K
V X Q V T B M I T L V S S K I Q
E P A S H C V S X U L Z W A Y V
R Q T C A P S I Z E F A O A I Q
E Y F F H O O K I H Q Y T D J L
D Q T X O C E A N E I B N I T C
N A D E S T I N A T I O N I O K
L L O F P F W K C A N O E E C N
J P R C D I S C O V E R O S L N
U I K Z Z Q O A K A N G E R A I
```

© Disney

YOU'RE WELCOME?!

DEMIGOD	EXPLOITS
APPROACHES	YOU'RE
EXCITED	WELCOME
CAMAKAU	MINI-MAUI
LIFTS	TATTOOS
CONFRONTS	ACCOMPLISHMENTS
INTERRUPTS	TRAPPED
BOASTING	CAVE

YOU'RE WELCOME?!

```
W E L C O M E Y Q C A M A K A U
M U I I U Q N A K Z J W R I D D
Y E P M I N I M A U I C A V E W
B G T A T T O O S A B D C I A Y
M O E X C I T E D E E L P Q Z Q
H N I N T E R R U P T S Q V B U
A C C O M P L I S H M E N T S X
E V N B H R X Y A N B Z P M H Q
D E M I G O D O J E Z D L Q H V
E P Y K G S E O G K C M F Q H Q
F G D B O A S T I N G G B Z P J
A S L Y A P P R O A C H E S C D
T R A P P E D C Z L I F T S H E
D J M W L D J Y O U R E P T Y R
Z X W Y E X P L O I T S J L F R
K H C O N F R O N T S Y N L K I
```

SAILBOAT

CAMAKAU	VESSEL
TRADITIONAL	MAST
WATERCRAFT	SAILFISH
NDRUA	SUNFISH
TAKIA	SPIRITSAIL
CANOE	PROA
CRABCLAW	TRIMARAN
LATEEN	HULL

SAILBOAT

```
C I M A X U U A Z X K N X G T S
R P D A F E U R V V H H M B J M
A W T C Z R J M T S O B D O D A
B N M O D E C Q I R I T A D S S
C U P N Z Q A F R R I I I J S T
L J J R U H N F E Q K M Z I D O
A O Q E O U O A H A J P A G A T
W Q D K S A E C T U Q C A R C M
V Y T R A D I T I O N A L C A M
L E F E G L A T E E N R O V S N
Q A Q Y E T J B S C V W F K F S
O C T Y R S C A M A K A U P H W
N X P L X W A T E R C R A F T A
W L L D I A S P I R I T S A I L
F U Q R X V E S S E L Y L L M E
H T Y S A I L F I S H C N P F H
```

THE GREAT ESCAPE

BOAT	**AWAY**
TRICKS	SWIM
MOANA	ASSISTED
ESCAPE	DEPOSIT
CAVE	CANOE
JUMP	OVERBOARD
OCEAN	DEMANDS
SAILING	RESTORATION

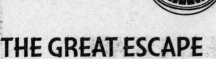

THE GREAT ESCAPE

```
L O F D G M O A N A A R M A F H
H H F S E A K O T R S R C P T J
C A Q V S W S O G M S H R J R D
A D C Z C G A P V V I C V U I S
N E K G A X I X R X S A P O C W
O M C E P T L D E G T V N U K I
E A K J E H I I S P E E A K S M
Z N U H X O N R T A D B A W H V
B D D R B V G W O C E P O Q A M
J S X X V E J T R D R K M A V Y
U J S B O R G C A F E P W Y T H
M Z G T C B X F T H D P L V C R
P L N F E O Y S I L U V O Y C B
W J Z X A A Z Z O U G Q B S L E
N V U K N R K P N J S K X C I X
C L O Q I D O K X H N N G A I T
```

© Disney

WILL OF THE OCEAN

MAUI	STONE
THROW	CURSE
HEART	FISHHOOK
TE FITI	MAGICAL
OCEAN	OMEN
RETURN	MONSTERS
SWIM	SEEKING
WAVE	TREASURE

WILL OF THE OCEAN

```
O Q H H W W V G Q K W B L M W P
V O B E A C H Q O R Y R B A A Q
J C N A O G R O U G F O T U V N
O S B R F C H H W M G I R I E M
A T B T F H E X D K O A E C I H
T M B G S S H A Y T G G A W T W
C A L I H S D V N H J T S R A Z
W G F Z D Z P U A R V H U Y R N
I I Q D S N N J M O C W R T F A
V C G E Z D X J M W A W E G Z R
X A D Q N O O Q R E T U R N K C
W L W M L Q B M P F K I S X H U
M O N S T E R S E J P B H W X R
Q S E E K I N G M N F K M U L S
M J R S Y T E F I T I G Z S K E
O Y U S T O N E L U G T I V B P
```

© Disney

ROOSTER
HEIHEI

EYES	ABSURD
FEATHERS	CHICKEN
BEAK	SIDEKICK
PERCHING	BANTAM
CROWING	ROOSTER
FEATHERS	ROCK
WINGS	SWALLOW
INEPT	IDIOTIC

ROOSTER
HEIHEI

```
H P V I O T J F E A T H E R S C
S S B R O O S T E R T M Y C A B
I N H U V G M J N U V P P J P S
D S O Y A K W A F I I T S I L V
E E Y E S O X C D W R R M E J B
K J D I N H D O E C E R O C K E
I V Q P L R T T Q H R W Q C O A
C T Y P U M P T T D C O I Z Y K
K K A S E E Z A Z R X T W U M Z
X P B C N R E Y S Y O H K I V A
L A P I K F C M F I S X X U N T
T O Q I H X N H D W I N G S B G
S W A L L O W I I S J N Z C H L
V N E B A N T A M N F J I E E P
R G C G T A T R W T G E P O X X
G C H I C K E N R Z E E T F H Q
```

© Disney

KAKAMORA

SPEAR	KAKAMORA
BOAT	MISCHIEVOUS
HEIHEI	PIRATES
FOG	PLEADING
SMALL	SHOCKED
COCONUT	EVADE
CREATURES	PARALYZING
SHIPS	COLLIDE

KAKAMORA

```
C O L L I D E Y P L D E D H N K
J R N U X X K G R A X G D L N X
Q B W W B F P P L E A D I N G P
Z L K D M Y D L Z K T V K C H I
J T R O I M T E C A S B W M W R
C A P C S H E K H K P Z F S R A
H E N G C L C R E A T U R E S T
P V X L H B M C I M E S S L G E
P A K L I O D O H O S H P I Z S
T D E K E A R C E R M O E I Y P
E E Q C V T N O I A A C A V Z B
U G A V O V X N E P L K R X F N
A I P F U V J U M A L E F W O O
J R M K S R E T E H P D K I G K
S H I P S P A R A L Y Z I N G G
T M Q G W W S N F S B V A P X Z
```

© Disney

THE WAYFIND LESSON

HESITANT

CONVINCE

RESTORE

HEROISM

AGREEMENT

FISHHOOK

COURSE

TE FITI

TEACH

SAIL

REFUSE

BLOW DART

PARALYZE

WAYFIND

CELESTIAL

NAVIGATION

THE WAYFIND LESSON

```
K S A I L X C T B L O W D A R T
T C H S E O C R E D X E X V V I
F I S H H O O K W F N D B G U X
O O L F D Y K H J O I M W V F C
H E S I T A N T I L S T L J T E
O G J W L U N T L Q A O I M H L
T C Q F J C A T R W G Y W A V E
J P O Y T G F E E J R U U W C S
W J Y U I G H A F G E D W A O T
U N G V R H O C U G E S S Y N I
Q U A V E S V H S Q M K R F V A
Q N G K S B E Y E X E G O I I L
S W N H T E J B D Y N Q V N N N
D H A L O C A R R K T I V D C U
M H H E R S P A R A L Y Z E E T
G L H M E Z H E R O I S M U T N
```

© Disney

TREASURE ISLAND CAVE

ADVENTURE	PLATINUM
GOLD	SILVER
SHINY	COPPER
DIAMONDS	PEARLS
RUBIES	OPALS
EMERALDS	GEMS
SAPPHIRES	PRECIOUS
TOPAZ	JEWELS

TREASURE ISLAND CAVE

```
T K H V F W H P G N Y M C S H N
V O C T K R A U O H S S F Y A X
A J P C X C T Y L U D N O P N L
T I B A U J P G D L O E T R W W
K C A C Z V J X A P O S P E O F
J C D O F U Z R K B Z K N C P S
E A I P E E E I R A J H N I A Z
W N A P C M S R L D Q C S O L S
E V M E E E K H J V N K A U S R
L N O R V H R L I E A F P S G U
S Y N C V I O Z X N H R P A B B
S M D V X Y A V I T Y Z H J J I
P W S P L A T I N U M F I H I E
Z L R S I L V E R R H B R S T S
E D R H Q A X U H E O G E M S T
P E A R L S J F D X Y U S S G Q
```

MONSTERS CURSE

MISFORTUNE	CALAMITY
EVIL	INJURY
DOOM	DESTRUCTION
PROFANE	BLASPHEME
OATH	AFFLICT
TROUBLE	SCOURGE
ACCURSED	BANE
INVOKE	PLAGUE

MONSTERS CURSE

```
R M O M T L G Q C A L A M I T Y
A K O U Y D R O O O Z R L H R A
I N J U R Y I U Z X D I C X B C
K K Z Y D N R Z E G V J O X F C
H J Q H P Z A D A E M H S X K U
O K Z S D E S T R U C T I O N R
A Y R B G S C O U R G E W Z U S
T I M I S F O R T U N E T B J E
H D D P E X S W P R O F A N E D
C N R K G A B L A S P H E M E O
T R O U B L E X N X Q U D O O M
B S M E O W P A A F F L I C T P
Q D I N V O K E F B W U M W W M
Q P L A G U E C O A X P Z Y V S
P A E M I S C G G N Q P W I Q A
V C C V P B Y L T E S I J L P S
```

LALOTAI ISLAND ADVENTURE

TALL	DROP
ROCKY	EVADE
SPIRE	ARRAY
OCEAN	LAIR
ENTRANCE	CREATURES
LALOTAI	MAUI
REALM	TREASURES
MONSTERS	COLLECTION

LALOTAI ISLAND ADVENTURE

```
C U G T O S F Z F Y Z Q X E M L
G H S T P E P C A H H F D V Y A
M M O K M A F I V B R A M Q H L
W O W D V B M F R L V H E O N O
B N T Z N L N T W E S J T O E T
D S A P A A U H Z E J L I P N A
O T R E A H J L R P Z T I P V I
C E R U B T U U H M C D S P I M
E R A Y Y G S Q T E G B R K G U
A S Y K G A V U L M L G Y O Z E
N R C X E R I L I L I F M D P I
O O M R I V O U A W M M Y G A S
R T T A W C A T H J E C U G X M
G C L H G M F C R E A T U R E S
E N T R A N C E B T Z Y V U B E
Y H P M M Y O Z E W Z E A M V A
```

TAMATOA
AWAITS

GIANT

CRAB

TAMATOA

MOANA

BAIT

CAPTURE

DISTRACT

GLOAT

BRAG

OBLIGE

SHINY

SONG

SHAPESHIFT

POWERS

GEYSER

SURFACE

TAMATOA AWAITS

```
X S Y W M I G V E J V T T Q E G
K K C I E B A R T Z C B R I N U
K H J S U N U F W A U I U O Z B
Q R Y J A T P B R T U V S K B I
A B Q O P Q J T H B G L O A T G
S A M A I G S H A P E S H I F T
I I C B R I I K K U H Z X B K Y
R T I K D A T A S J M V B G Y Y
B X B K X A P A N K R H T V N K
S F T Z A M J G M T B N O I L D
P W B Y C G M J H A F Y H R C C
R H S U R F A C E L T S T V N R
T O B L I G E Z L S W O Q B U L
X S Y Q A Q S L Y V A M A F C D
O M N B R A G E P O W E R S X T
C R A B O G S L Z G E Y S E R K
```

© Disney

MAGICAL TATTOO
MURAL

MINI-MAUI   PATTERNS

MAGICAL   DYES

ANIMATED   PIGMENTS

INK   DECORATIVE

TATAU   SYMBOLIC

MODIFICATION   PICTORIAL

DESIGN   ANCESTRAL

SHAPESHIFTER   POLYNESIAN

MAGICAL TATTOO MURAL

```
E  I  B  P  I  G  M  E  N  T  S  F  F  T  R  Z
F  N  M  A  G  I  C  A  L  J  T  A  T  A  U  A
Y  K  D  M  Q  A  N  C  E  S  T  R  A  L  E  T
E  G  N  R  P  O  L  Y  N  E  S  I  A  N  J  M
R  K  U  O  F  J  Q  D  S  F  E  X  R  Q  I  F
P  I  N  S  H  A  P  E  S  H  I  F  T  E  R  O
Y  T  A  P  G  I  O  C  Q  S  P  K  L  U  N  M
D  P  P  A  O  J  O  O  Y  Y  M  Y  P  P  O  I
E  F  I  N  L  P  C  R  J  M  M  Z  A  L  M  N
S  Z  C  I  Z  F  S  A  C  B  C  X  T  H  T  I
I  X  T  M  E  W  C  T  Y  O  E  J  T  L  B  M
G  Y  O  A  B  D  I  L  L  L  B  E  S  E  A
N  K  R  T  G  S  Y  V  W  I  B  C  R  H  F  U
C  W  I  E  W  G  D  E  I  C  Q  H  N  D  F  I
V  B  A  D  R  J  Z  Z  S  I  I  D  S  X  G  Z
N  J  L  V  M  O  D  I  F  I  C  A  T  I  O  N
```

MAUI'S ASCENDANCE

SINCERE	MAGIC
HUMBLED	BORN
SHAPESHIFT	HUMAN
DEFEAT	SEA
TE KA	GODS
TATTOO	PITY
HESITANT	DEMIGOD
PERSISTENCE	CONFIDENCE

MAUI'S ASCENDANCE

```
C B F B O R N G C H Z P X J I V
O T D Z H U M B L E D G W F V J
N A O E O D F E M R P E M S P O
F T G V M O Z K W A U P N H I L
I T D J C I C J E O G H R A L S
D O R P S B G D C T S I X P F J
E O H E V J T O K Q I P C E X X
N G T R I D P O D Y N H H S N Q
C F V S Z R T I G H C E J H K Z
E Q E I H L D Q T L E S U I G T
X Z N S U R E Z G Y R I X F V P
X O Y T M K F I S A E T T T Z C
K T C E A F E P G V T A E S G G
W D O N N D A U C L D N K I O O
P R Z C I S T X Y D H T A F S D
U I I E Y F R Q I W J N S E A S
```

THE BATTLE OF TE FITI

SAIL

SHAPESHIFT

PROPERLY

HAWK

COMPLIMENTS

CONFRONTATION

ABILITIES

DEFEAT

NAVIGATE

RETREAT

ISLAND

DISTRAUGHT

WISHES

BROODING

LUCK

BLAME

THE BATTLE OF TE FITI

```
M K H L H U D G F K W Z N S R H
O I H Y L U C K W U R C Z I G I
E B W B E C E A N R U O N F D B
S R Z Z R O H O K Z N N W B I G
E O L T L M V P R I A F R W S L
S O F U E P J M P B V R B T T W
H D R I D L S A R D I O O B R R
A I K S G I R V O B G N W D A D
P N G L F M I Q P R A T I E U C
E G F A L E R H E K T A S F G M
S B P N I N Z F R A E T H E H P
H L F D Y T K T L T Y I E A T L
I A B B E S B I Y C C O S T I C
F M X L B H Y C Q Z X N V A N J
T E A B I L I T I E S N S H B P
Q I M T D B K F N R E T R E A T
```

I AM MOANA

SADDENED

SEA

CHOOSE

HEART

DEPTHS

MANTA RAY

SPIRIT

COMFORT

HOME

HESITATION

REALIZATION

VISIONS

ANCESTORS

STRENGTH

RETRIEVAL

PREPARATION

I AM MOANA

```
Q Y H E A R T I U D F H I F H G
M K S T R E N G T H S P I R I T
S E A Q H K V I S I O N S C W V
D O C L E M A N T A R A Y S P X
G H H M S N M F C O M F O R T H
R B Z P I O G G R S K R B T U D
O X J R T N G R E T R I E V A L
E D H E A Y S A A A I F L M F T
C K X P T O A N L N W Q J D J H
Z D S A I A D C I R A Q J B D E
W X Z R O N D E Z S N U C L W Q
R S N A N W E S A D P C B J A
P C W T U G N T T H C H O O S E
M U Z I C Z E O I O R X Z K H Y
L N P O R Y D R O M D E P T H S
N C D N V Z A S N E G L A H Z D
```

MANTA RAY SPIRIT

LARGE

MANTA

TRIANGULAR

FINS

SUBTROPICAL

PELAGIC

DEVILFISH

STINGRAYS

MOBULINAE

STINGBARB

GILLS

SUBSURFACE

PLACID

SOUL

VIGOR

GRAMMA TALA

MANTA RAY SPIRIT

```
F I N S L A R G E U O E Y H E M
S G Z I P E L A G I C X H E M L
G N S U B T R O P I C A L N R K
W B R V T R I A N G U L A R W J
M M L I D I R P L S X H Y H U K
Y G K G M A N T A R O R G T X I
C M O O V X S F M A T U E D G O
Y Y L R I H H P H M M P L N I P
M Q V X Y S T I N G B A R B L Z
Z D S T I N G R A Y S E U X L P
P P K B Z C O T T N R Q O M S K
U J D W L S U B S U R F A C E I
V H Q I T G R A M M A T A L A H
L T O O F D E V I L F I S H L E
C P L A C I D Z E B S S N L L I
L M M C Y H Q M O B U L I N A E
```

ANCESTRAL QUEST

DESCENDED

INHERITED

GENETIC

ANCESTRAL

EVOLUTIONARY

PROVIDENCE

WORSHIP

REVERENCE

VENERATION

MYTHOLOGY

ALLEGORICAL

FOLKLORE

SUPERNATURAL

PROTAGONIST

FULFILLMENT

PURPOSE

ANCESTRAL QUEST

```
A Z P K Q D X T V W F C P A Y P
S V G E N E T I C I G V R S M R
U S M D I S R M A E O E O C A O
P J Y V N C E J N V A N T U M U
E F T L H E V P C O L E A V W I
R O H O E N E J E L L R G F O D
N L O S R D R K S U E A O U R E
A K L L I E E T T G T N L S N
T L O P T D N C R I O I I F H C
U O G Y E R C L A O R O S I I E
R R Y A D P E F L N I N T L P U
A E J P V Y Z V Y A C C K L B D
L A E P V V H Q L R A U D M M A
R V A K F R L K M Y L G A E T W
I K Y C L U O Q D N P N B N Y M
Y T Q N Z P U R P O S E G T J B
```

© Disney

WARRIOR PRIDE

HERO	MENTOR
DEED	CHALLENGES
STRENGTH	TEMPTATIONS
PERSEVERANCE	REVELATIONS
LEGEND	TRANSFORMATION
MONOMYTH	ATONEMENT
ADVENTURE	REVELATION
THRESHOLD	RESTITUTION

WARRIOR PRIDE

```
T S E R P E R S E V E R A N C E
Y R M Z E S T R E N G T H A M R
Z L A E X V T Y Y I O D K L Q E
B K V N N Z E F E M V Z E A J S
L I P Q S T R L F N R R A T T T
R E A V N F O K A H U M S E H I
E U G R W M O R W T S D R M R T
V K I E E S N R N A I O Y P E U
E G B D N L Y E M I N O Q T S T
L V R E Z D V N O A H G N A H I
A M E E R D I R R B T E I T O O
T L Q D A T C C R C F I R I L N
I Q V O M O N O M Y T H O O D E
O A I D O D A T O N E M E N T X
N K Z Q G P N X D H H G W S Y D
S C H A L L E N G E S Q A Y M F
```

© Disney

BREAKING THE CURSE

PRAYER	ABJURE
HEXES	PEIRCE
SOURCE	DIVIDE
FORESWEAR	RENOUNCE
APPEAL	DISAVOW
RESTRICT	REVIVE
BINDING	REPUDIATION
BARRIER	RESTORE

BREAKING THE CURSE

```
Q L A B J U R E W T W W G E R R
L D T E T E S R X K O N R Q E E
W V P W D T Y U W V I O R N N S
E A Y I H P Z Y A D T A O U O T
Q V V V Y E X E S N S E I Z A U R
V I F V X J I I E W T R O D N I
D Q V D E D B R S A Q E D R C C
F K C P S K L E I S G V L V E T
N E N V J A R D K K Q I I T N Q
Z S B D E O U D E U K V Y E T Y
A I H P F P H R H Z Y E C P W B
G E P N E G E R B A R R I E R Y
N A Y R T Y G X Y A U A P I R F
M Q P O A X I S L O P X W M L I
C S V R M E M I S D S T Q C V O
J E P F W G Q W I P I E R C E Y
```

FACE TO FACE

BARRIER	GODDESS
ISLANDS	SPIRAL
DECEPTION	REALIZATION
SPEED	ATTENTION
ADVANTAGE	MAUI
TE KA	OCEAN
WAVE	PATH
FIRE	CONFRONTATION

FACE TO FACE

```
P H M X G A Q O Y B M E B W J S
V W Z E S W T K O H E G A W N P
U V F A E A A T C I F U R N C E
Y L K R L V S V E P P C R C R E
B E I K E E K M A N R Y I E T D
T F S U T R K G N N T Z E T R T
P D E C E P T I O N A I R X E U
A L O Q A F F E U G K J O I A R
T C O N F R O N T A T I O N L Q
H R K Q I R C R M Z M K X V I X
J K S L G Y S C Z P H A S N Z C
I S L A N D S P F O E R U I A K
X A D V A N T A G E J W N I T J
S I D E G W E Y Y U L O D E I N
E G O D D E S S N E U G H V O Y
N N Y T A L S P I R A L N Y N R
```

© Disney

THE HEART
OF TE KA

EXPLANATION	TE FITI
TRUTH	LUSH
EXTINGUISH	GREEN
HEART	GODDESS
SPIRAL	APOLOGETIC
CHEST	FULFILLMENTS
RESTORATION	REWARDS
CALM	REST

THE HEART OF TE KA

```
E B G V T R U T H E Y Q P Y B Y
E X P L A N A T I O N B P V Y N
V G C A L M X U D C H E S T O E
N M L K M T T U T H C C Y I L O
R E A H J R W V M H T F T S A E
E O P B L F X K B R H A T P O H
S R O R Y U I Z A K R N A I T V
T F L G D E S E H O E S Z R Z X
Y Q O O L L H H T M D N Q A A K
W F G D E M N S L R P Z T L G R
D L E D M Q E L A C B J T K Y S
H S T E K R I W G R E E N K P B
I T I S V F E X T I N G U I S H
F H C S L R T X T Q T I P H X Z
A Z O U Q U Q T U I G O K L R T
N I F L R K R M W T E F I T I Z
```

MASTER
WAYFINDER

MAUI   VEGETATION

MOANA   BLOSSOMING

MASTER   DARKNESS

WAYFINDER   DEFEATED

FAREWELL   REUNITED

SAIL   REJOICE

MONTONUI   FLEET

FLOWERS   REVELATIONS